恋に落とされた勇者

麻生 唯
Yui Aso

文芸社

恋に落とされた勇者●もくじ

第一章

勇者とは

i

はるか昔、この世には三つの種族が共存していた。一つは無力ながらも圧倒的に数の多かった人の種。そしてもう一つは背に白い羽を持ちながらも無垢の欠片《かけら》もなく剣を振るう天族。そして三つめは、人の種が化け物と称す異形のものが多くを占める魔族であった。


「司祭様、トル・ネスです」

人界の空を、魔鳥《まちょう》と呼ばれる魔界の鳥が弧を描くように飛んでいる。バルコニーへと続くガラス戸越しにふと空を見上げた男が、それに気付いた。

「おお、久しいな」

司祭は部屋の隅で書き物をしていたが、筆を置き、イスから立ち上がってバルコニーへと足を運んだ。首から紐《ひも》でさげられていた小指ほどの笛を口に咥《くわ》え、軽く息を吹き込む。

笛の音を司祭もその側に立つ男も聞きとる事はできなかったが、魔鳥の耳にははっきりと聞きとれたのだろう。一気に急降下を始め、バサッと大きな羽音を立てると、差し出された司祭の腕にふわりと降り立った。

「トル・ネス、相変わらず元気そうだな」

同じ高さに目線を合わせ、司祭は黒い羽をもつ魔鳥に微笑みかける。

「オ前モナ。元気ソウデナニヨリダ」

言葉を理解する魔鳥トル・ネスはそう言って片足を司祭の方へと上げてみせた。足には小さな筒がつけられている。

「いつも悪いな」

「リュア様ノ頼ミダ、仕方ナイ。ソレヨリ、ポル・ネスハドコダ？」

きょろきょろと周囲を見回す魔鳥を見て、司祭は側で見守っていた部下へと顔を向けた。

「タールカ、案内してやってくれ」

「はい。おいで、トル・ネス」

男はその腕に魔鳥を乗せると、すぐに部屋を出て行った。司祭は筒の中に入れられた小さな紙を押し出し、両手でそれを広げる。

「……ああ、そうか。もうそんな時期か」

目を通した紙を握りしめ、司祭はもの憂《う》げにバルコニーから眼下に目をやった。視線のずっと先、空と地の境目《さかいめ》に、暗く深い森が広がっている。魔界との境界線である次元の歪みが、その森の奥深くにあるのだ。

「一度顔を出さねばなるまい」

呟《つぶや》きながら司祭は記憶にある魔王の城を思い浮かべる。今年で六十七歳を迎える司祭は、過去五回ほど魔界を訪れた事があった。それができたのも、それぞれの住む人界、天界、魔界の三界が、ある一つの条約を結んでいたからだ。『互いの領域に対し、一切の侵略行為を行わない』という、単純で重い条約を。

もしその条約を破る種族があれば、その種族に対し、二つの種族が手を結んで報復を行う事となっている。そのためこの三つの種族はここ何千、何万年もの間、一切の争いを起こす事もなく、平和に共存する事ができたのだ。

そんな穏やかな日々に慣れていた三界全てを巻き込んだ、とんでもない騒動が起こる事になろうとは、この司祭はもちろん、他の誰一人として思い及ばす者はいなかった。

ii

しばしたたずむ司祭の耳に、不意に扉を叩く音が入ってきた。踵《きびす》を返し、部屋の中へと足を踏み入れる。

「入れ」

言いながら机の引き出しを開くと、その中に手紙をしまった。すぐに衛兵が顔を出し、司祭に一礼をする。

「王と大神官様がお待ちです」

「分かった。すぐに行く」

兵は再び頭を下げると、マントをひるがえし、部屋を出て行った。その背を見送って司祭が溜め息をつく。

「さてさて、困ったものだ。この前代未聞の出来事を、王になんとご説明したらよいものか」

マントをまとい、苦笑を浮かべながらいくつかの書類を手にすると、司祭もまた部屋を後にした。

司祭が向かうのは、この階の中心部にある会議の間《ま》であった。王との話し合いはいつもその部屋で行われる。しかし、今日はいつにない重い足取りでその部屋へと向かっていた。

「司祭様、今回もやはり駄目でしたか?」

浮かない表情で通路を歩いて行くと、柱の側で見張りをしていた兵が声をかけてきた。

「いや、これから王に決めて頂くところだ」

「そうなのですか？　それにしてはなんだか暗いご様子で……」

「気を遣わせて悪いな。たいした事ではないんだ」

苦笑を浮かべると、司祭は逃げるようにして足早にその場を離れて行った。会議の間に続く角を曲がったところでその足を緩める。

「たいした事でなければよかったんだがな」

ボソリと呟き、司祭は一人うなだれた。

司祭の頭を悩ませているのは、つい先日行われた試験の事であった。この試験は特別で、年に二回行われ、合格者には『勇者』の称号が与えられる。

この称号を得た者は、登城《とじょう》せずとも定期的に莫大《ばくだい》な収入を得る事ができ、その者を含め、その家族、親類に至るまで全ての血縁者は税を免除されるのだ。だからこそ民たちは、皆こぞって身内から勇者を出そうと必死になっていた。

突きあたりにある会議の間の扉を目にし、司祭はまた溜め息をついた。

iii

「お待たせいたしました」

会議の間に足を踏み入れると、中央に置かれたテーブルのイスに王の姿はあった。司祭は王に軽く頭を下げ、テーブルへと歩み寄る。王の背後には大神官が控えていたが、司祭同様、どこかうなだれている様子。

「待っていたぞ。で、どうだ今回は？」

今年で十六歳となる年若い王は、はやる気持ちそのままに身を乗り出して聞いてきた。

司祭は内心で苦笑しながらも、手に持っていた書類をテーブルへと並べる。

「基準を超えた者は一人だけでした。ですがその者にはいささか問題がありまして……」

言いにくそうに、だが思いきって告げた司祭の言葉に王はまったく耳を貸してはいなかった。食い入るように書類を見つめ、試験結果を指でなぞっている。

「こいつは凄《すご》いな。いくつだ？」

顔も上げずに王は聞いてきたが、司祭には書類を見ずとも誰の事か分かっていた。

「ライ・シュトレーゼは、先月、十六歳を迎えました」

「！　これで俺と同じ歳なのか？」

驚きのあまり顔を上げる主《あるじ》に、司祭は険しい表情で頷いてみせる。

「間違いありません。試験結果も事実です」

「どこのサヴィエントだ？　……リバルか。ここはこれで三人目だな」

目を輝かす王に、脇に立つ司祭と大神官は顔を引きつらせた。

「あの、王……」

「すぐにこいつを召し上げろ、俺の側近にする」

「王、あのですね……」

「うるさい、命令だ。今日中に式を済ませ、明日から登城させろっ」

言い縋《すが》ろうとする司祭に有無を言わさず命じると、王はイスを立ち、凄むようにして司祭を睨みつける。

「いいな、命令だぞ」

顔色悪く黙り込む司祭とは違って、王はにんまりと満足げな笑みを浮かべた。

「明日から楽しみだ。頼んだからなっ」

飛び跳ねそうなほどの浮かれようで王は部屋を出て行ってしまった。残された司祭と大神官は目を合わせ、同時に溜め息をもらす。

「仕方あるまい。こうなったらとりあえずライ・シュトレーゼを側近に就《つ》け、王には後々分かって頂くしかあるまい」

二人は暗い面持ちでテーブルの上に広げられたままの書類を見下ろした。どう見てもかつてないほどの優秀な成績に、再度溜め息がもれる。

「まさか性格に難があるとは……」

「命令とあれば仕方ありません。司祭殿、私は式の準備のために神殿に戻ります」

「ああ、頼む」

大神官は軽く一礼すると、会議の間をいそいそと出て行った。一人になった司祭はイスに腰を下ろし、再び書類に目を落とす。

「オリオルめ、わざと推薦《すいせん》してきおって……」

ライ・シュトレーゼの名前の下には、『推薦者　リバル・サヴィエント長《ちょう》　オリオル・モーゼ』と記されてあった。司祭はその文字を恨めしげに睨みつける。

サヴィエントとは、この城の周囲に設《もう》けられている館《やかた》の名称である。いくつかあるこの館で剣や武術、学問から礼儀に至るまで学ぶ事ができ、腕や頭脳の優劣《ゆうれつ》に応じて国から仕事が与えられるのだ。

それぞれのサヴィエントには長と呼ばれる者がおり、その長の推薦がなければ試験を受ける事自体できないのである。

「あれほど向いていないと言っておいたのに、何故《なにゆえ》こんな事に……っ」

グシャッと書類をわし掴《づか》みにすると、司祭はもう一度深い深い溜め息をついた。

第二章

魔王退治

i

その日、数年振りに突如《とつじょ》行われた勇者の授与式《じゅよしき》に、どこから知れ渡ったのか、とてつもなく大勢の民《たみ》が押し寄せて来ていた。

城の脇にそびえる聖なる神殿。大きな円形の柱が左右に並び、その奥に祭壇がしつらえられている。当然の事ながら神殿には入りきらず、神殿の周囲は見渡す限り人、人、人で埋めつくされていた。

「これより、そなたを勇者と認め、その証《あかし》としてこれを授《さず》ける」

民たちの騒ぎをよそに式は滞《とどこお》りなく行われ、司祭の足元に跪《ひざまず》くライ・シュトレーゼの額に、銀色の額飾りがはめられる。その途端、大歓声が沸き起こり、立ち上がったライは片手を上げてその歓声に応えた。

その瞬間、人界に最《もっと》も年若い勇者が生まれたのだ。引きつりそうになる表情を抑える司祭も、感動に沸きかえる民たちも、この勇者がたった一晩で人界より失われる事になろうとは、想像すらしていなかった。満面の笑みを浮かべ、誇らしげに手を振るライ自身でさえ、まったく予想する事はできなかったのだ。

式を無事に終えたライは自分の学んだリバル・サヴィエントに挨拶に行き、その足で司祭の部屋を訪れた。

「ちょうどよかった。私も話があったのだ」

隅にある執務用の机で書類に目を通していた司祭は、部屋の中央に置かれたテーブルへとライを促した。向かい合って腰を下ろす二人に、すぐさま司祭の側近、タールカが紅茶を入れる。

「とりあえず『おめでとう』と言っておこう」

紅茶を口にし、気を落ち着かせながら司祭は口を開いた。

「ありがとうございます、司祭様」

嬉しそうに笑みを浮かべ、頭を下げるライに、なんとも言えない複雑な感情が司祭を取り巻いた。司祭は目を泳がせ、ふとライの衣装に気付いて視線を止める。

「その格好はなんだ？」

よく見てみれば、ライは黒いマントの下に剣を携《たずさ》えていた。膝の上には背負い紐のついた布袋を抱えている。まるでこれからどこかへと行くかのような格好だ。

「これから俺、魔界へ向かいます」

「……へ？」

あまりの突拍子《とっぴょうし》もない答えに、司祭は自分の耳を疑ってしまった。後ろに控えるタールカも驚いてライを凝視する。

「今、なんと？」

「魔界へ行くと言ったんです。勇者となったらそうしようとずっと決めていましたから」

こぶしまで握りしめて言ってのける若き勇者に、司祭は頭を混乱させた。

「どういう事なのか説明してくれるか？」

「はい。やはり勇者と言えば『魔王退治』です。俺は魔界へ向かい、見事魔王を倒して見せますっ」

勢いあまって立ち上がるライに、司祭もタールカも目眩《めまい》を起こす。

「そっ、それは、本気で言っているのか？」

「もちろんですっ！」

混乱のあまり額を押さえる司祭にライは断言する。目眩に加えて頭痛まで覚える二人に、ライはまったく気付いてはいなかった。

「ライ・シュトレーゼ」

「はい」

「お前はサヴィエントで何を学んでいたのだ？」

なんの意図でそんな分かりきった事を聞いてくるのかライは分かりかね、僅かに首をかたむける。

「剣や学問ですが……」

「そこで勇者は魔王を倒せと学んだのか？」

「……いいえ」

ライの答えにひとまず安心し、司祭は姿勢を正して真っ直ぐにライに向きなおる。

「いいか、ライ。魔王を倒すなどと言ってはいけない。倒すなんてとんでもない事だ」

「何故です？　俺の腕では無理だと？」

「そういう事ではない。まあ、どの道無理ではあるが……」

「やってみなければ分かりませんっ！」

突然、力いっぱいテーブルを叩きつけてライが叫んだ。テーブルにはひびが入り、カップが倒れて上質な絨毯《じゅうたん》にシミを作っていく。

「司祭様がなんと言われても、俺は行きます！」

「ライ、待ちなさい！　まだ話は……」

立ち上がったかと思うと、あっという間に部屋を飛び出して行った。慌ててタールカがその後を追ったが、通路に出た時にはもうその姿は見えなかった。

「……司祭様、どうしましょう？」

「だからあやつを『勇者』にしたくなかったのだ。人の話は聞かないわ、思い込みは激しいわ……っ」

サヴィエントで何度か顔を合わせていた司祭には、ライの性格が分かっていたのだ。大神官も同様で、受験者の中にライの名を見た時から頭を悩ませていた。

「てっ、天才となんとかは紙一重と言いますし……」

「……」

とっさにフォローを入れてみたが、効果は得られなかったようだ。苦い物でも食べたように顔を歪ませたまま自分を睨みつけてくる司祭に、タールカはうろたえる。

「とっ、とりあえず、魔界へ通達を出しましょう」

言うが早いか、タールカはさっさと部屋を出て行った。

ii

走って行ったのか、息を切らせながらタールカがすぐに部屋へと戻って来た。

「司祭様」

「……分かった」

目で促され、司祭は仕方なく執務用の机につき、筆を手にとった。

「何ガアッタ？　大変ナ事カ？」

寝ているところをいきなり起こされ、強引に連れて来られた魔鳥がタールカの顔を覗き込む。

「ちょっと手違いがあったんだ」

「手違イ？　司祭ガカ？」

何事にも冷静で、全てを完璧にこなす司祭を見てきた魔鳥にとっては驚きであった。

「司祭様でも手を焼く者がいるんだよ」

声をひそめ、タールカはこっそりと教える。魔鳥はますます驚いた。尊敬さえしていた司祭をてこずらせる人間。驚きと同時に興味がわく。

「ソイツ、名ハナンダ？」

「ライ・シュトレーゼ。今日づけで『勇者』になったんだ」

「帰って来たら剝奪《はくだつ》だ。こんな事態を招きおって」

いつの間にか側に来ていた司祭がムッとした表情で断言した。そんな珍しい司祭の様子に、魔鳥は面白げに肩に飛び移る。

「ソンナニ変ナ奴カ？　会ッテミタイナ」

肩の上でピョンピョンと跳ねる魔鳥の足を司祭は掴み、通信筒を取り付ける。

「ポル・ネス、これをリュア様に届けた後はトル・ネスの元に寄ってもいいが、それ以外の寄り道は許さんからな」

「……少シナライイダロウ？」

「駄目だ。この事には一切関わるな」

「チェッ」

つまらなそうに羽を広げると、パシパシと司祭の頭を叩いた。

「行ッテクル。トルノトコロニ泊マッテクルカラナ」

羽をはばたかせ、部屋の中を何度か飛び回ると、タールカの開いたガラス戸から飛び立って行った。黒い体はすぐに闇に消え、既にもう羽音さえも聞こえてはこない。

「王にはなんと報告いたしましょう？」

「そのまま伝えればいい。王も呆《あき》れて称号を剝奪してくれる事だろう」

「……そうですね」

タールカは同意を見せたものの、あの王が一度手に入れようとした者をこんな事くらいで捨て去るとは思えなかった。もちろん司祭も同じである。幼少の頃より仕えた王の性格は充分把握していた。だが、僅かな可能性にでも縋りたい心境だったのだ。

「魔王に怪我の一つでも負わせれば、『三界の条約』は打ち砕《くだ》かれてしまうのだからな」

iii

人界の空を舞い、深い森を眼下に見つつ、魔鳥ポル・ネスは大した時間もかけずに次元の歪みを潜《くぐ》り抜け、魔界の空へと身を委《ゆだ》ねていた。

「久シ振リノ魔界ダ」

見渡す限りのどんよりとした光景に魔鳥は嬉しそうに目を細める。この魔鳥ポル・ネスは、トル・ネスと同じ卵から生まれていた。魔界では一つの卵から対《つい》となる二つのものが生まれてくる。それというのも、この魔界には敵が多く、その敵から身を守るためにそうなったと言われている。

ポル・ネスたちもまだひ弱だった頃から互いに協力し、敵と戦ってきた。城へ召されるまで襲われたのは、一度や二度どころか、二桁《けた》でも足りないくらいだろう。しかし、それでも魔界が好きだった。魔界を出ようと思った事は一度としてなかった。

「ソノ俺ガ、人界デ働ク事ニナロウトハナ」

そう言いながらも、大して嫌そうではない。分身と離され、魔界との通信役として人界に居《きょ》を置く事となってはや五十年。初めて魔界の城へと訪れた司祭に連れられて、人界へ行ったのが始まりだった。

「……リュア様ノ頼ミダカラナ」

どうあっても人界や司祭を気に入ったとは認めないポル・ネスであったが、司祭もタールカもちゃんと分かっていた。もちろん、分身であるトル・ネスにも。

ポルが暗くそびえる城の上空に差しかかると、目ざとく気付いた分身が城の一室から飛び出してきた。魔鳥は数キロ先の闇さえも見通す事ができるのだ。

「人界ノ方カラ用ガアルナンテ珍シイナ」

「何ヤラ面白イ事ガ起コッタラシイゾ」

戯《たわむ》れるようにじゃれ合いながら二羽は降下し、一室へと入って行く。

「ポル・ネス、久し振りね！」

突如ポル・ネスは羽交《はが》いじめにあった。誰であるか分かっているから攻撃はしないが、苦しさに思わず羽をばたつかせる。

「息デキナイッテ、力入レスギ」

「え？」

寝台の上で同じ様に羽をはばたかせるトル・ネスの指摘に、慌てて少女が手を離すと、ポルはフラフラと側にあったイスの背にとまった。

「ごめんなさいポル・ネス。あんまり嬉しかったから」

腰を屈め、媚《こ》びるように謝ってくる少女に先程の苦しさなどすっかり忘れ去ってしまう。

「ゼンゼン平気サ」

「ふふ、ありがとうポル」

そっと頭に触れて愛らしく微笑《ほほえ》む少女に、ポルも嬉しげに目を細め、肩へと飛び移る。毎度毎度訪れる度にされる行き過ぎた歓迎ではあったが、いつもポルは許せてしまうのだ。

「司祭カラダヨ」

足を上げてみせると、少女は早速手紙を取り出し、それに目を落とした。

「まあ、面白そうね」

「……」

「……」

意地悪げに笑う少女に、二羽は口を閉ざした。こんな笑みを見せる時はろくな事をしでかさない。長い付き合いで知っている二羽はそっと側を離れようと羽を広げたが、少女の肩にとまっていたポル・ネスは簡単に捕まえられてしまった。

「協力してくれるわよね、ポル。どうせ泊まって行くんでしょう？」

有無を言わさない笑みに、ポルの視線がトル・ネスへと向けられる。

「……分カッタ。手伝ウヨ」

分身を捕らえられていてはトル・ネスとて逃げるわけにはいかない。仕方なく承諾すると、少女は本当に可愛らしく笑った。

結局、この綺麗で意地悪な少女にはかなわないのだ。二羽は溜め息を吐《つ》きながら首を振った。

iv

人界と魔界の狭間《はざま》にはライ・シュトレーゼの姿があった。布袋を背負い、手には淡い光を放つランプが持たれている。

「ここが魔界の入り口か。心して行かないとな」

気を引きしめ、ランプを持ち直して次元の歪みへと一歩足を踏み入れる。途端に視界が薄暗くなった。深い森にいたせいで元々暗かったのだが、そういう薄暗さではなく、どんよりとして空気が重くなったかのような錯覚さえしてきた。

「なんて陰湿《いんしつ》な所なんだ」

人界とはまったく違った様相に、ライの眉間にしわが寄る。

魔界へ踏み込んだライは、人界同様の深い森に出た。同様なのはそこだけで、木の形も葉の色も人界とはまったく違っていた。

奇妙にくねった木に、覆い茂る葉はどれも黒やそれに近い色をしている。空は厚い雲に覆われ、月の光さえ遮《さえぎ》っているため、ほとんど真っ暗だった。ランプの明かりだけを頼りにゆっくりと魔界の森を進む。

「こんな所で魔物と出くわしたら厄介《やっかい》だな」

闇の中での戦いもサヴィエントで習ってはいたが、相手は人ではない。勝手の分からないこの地で多数に襲われる事を考えると、恐ろしいものがあった。勇者とは言ってもまだ十六歳の少年なのだ。

「城はどっちだ?」

ランプをかざしながらライは呟いた。

「城へ行きたいの?」

「!　誰だっ?」

自分以外の声にライは驚き、条件反射で剣を抜いて身構えていた。

「ちょっと、剣なんて向けないでよ」

「誰だ?　姿を見せろ」

剣を持たぬ方の手でランプをかかげる。すると、木の陰から一人の少女が姿を現した。黒いマントをまとい、腰まである長い黒髪を耳にかけ、前へとたらしている。

「人間か。こんな所で何をしてる？」

なんの武器も持ってなさそうな少女に、ライは不審に思いながらもゆっくりと歩み寄る。

「迷ったの」

「迷った？」

「そう。歩いてたらこの森に着いて」

「バカかお前は、ここは魔界だぞ。次元の歪みに気付かなかったのか？」

無力な娘がのこのこ魔界へなどやって来れば、襲って下さいと言っているようなものだ。

「来い、こっちだ」

少女の腕を掴み、今来た道を戻り始める。

「私、リュア。あなたは？」

のん気にも自己紹介などしてくる少女にライは呆れる。

「俺はライ。ライ・シュトレーゼ」

「あなたがライ？　こんなに早く会えるなんて嬉しいわ」

喜ぶ少女に、自分も有名になったものだとライは感心する。

「ねえ、城へ行くんでしょう？　私抜け道を知ってるわよ？」

「え？」

驚いたライは足を止め、少女を振り返った。

「案内してあげる」

「……何故そんな道を知ってる？」

「偶然見つけたの。城なら抜け道の一つや二つあるだろうと思って探した事があったから」

見知らぬ少女の申し出は正直言って歓迎したいものだった。やたらにこの魔界をうろつくより、無駄な労力を使わず魔王の元へ行く事ができるのだから。

「だけどなんで……。お前は何度も魔界へ来た事があるのか？」

「ええ。この森なんて私の庭のようなものよ」

自信満々に言う少女を前に、ライはしばし考える。このまま少女に頼んでしまおうか、それとも……。

「ウガアッ」

「きゃあっ」

突然、茂みから魔物が現れた。リュアは驚いてライの後ろに身を隠す。

「フォルバかっ」

サヴィエントの教本に描かれていた姿そのままの魔物に、ライはランプを地面に置くと、両手で剣を握って向き合った。全身がむくむくとした毛で覆われ、ライの身長の倍はあろう巨体を持つこのフォルバは、魔界一の力持ちだった。それは蹴り一つで巨木をドミノ式に倒してしまうほどの力で、森を住処《すみか》としているが攻撃しない限り襲ってはこない——はずだった。

「……っ!」

突如フォルバは脇にあった木を引き抜き、ライに襲いかかった。横に飛びのいて逃れたライが立ち上がりざま、リュアの手を摑んで逃げに走る。戦っても勝つ自信はあったが、フォルバは一匹だけではなかったのだ。

「ライ、これ」

「お、でかした」

ライが地面に置きっぱなしにしていたはずのランプを少女はしっかりと持って来ていた。剣をしまい、ランプを受け取って森の中をひた走る。

「ガアアッ」

「ウガアアッ」

手を取り合って走る二人を、巨体の集団が追いかけて来た。チラリと振り返ってそれを目にしたライが叫ぶ。

「なんであいつら怒ってんだよっ？」

剣を向けたとはいえ、一切攻撃はしていなかった。なのに、何故かフォルバたちは木を振り回し、怒り狂ってライたちを追って来ているのだ。

握られた手に引っぱられるようにして走る少女は、密かに笑みを浮かべた。前を行くライがそれに気付く事はない。

「大丈夫か？　もう少しだから頑張れ。あいつらバカだからすぐに引き離せる」

さすが勇者と言うべきか、ライはまったく息を乱していなかった。それに感心しながらリュアはふと疑問に思う。

「ねえライ。どうしてフォルバがバカなの？」

額に汗をにじませながらリュアは問いかけた。既に少女はしゃべるのもしんどい。

「見れば分かるだろ。あんな木なんか振り回してたら、走るの遅くなるに決まってるって。バカだよバカ」

「……」

言われて振り返ってみると、確かにその通りだった。怒りに興奮しているらしく、フォルバたちはその事実に気付いていない。重い木を持って追いかけて来れば、当たり前だが距離はどんどん広がっていく。

勇者にバカ扱いされるフォルバたちを憐《あわ》れみながら、リュアは一人苦笑を浮かべた。

V

「こんなに走ったの久し振りだわ」

息を切らしながら少女は無造作に置かれた石段の上に座り込んだ。その隣にライも腰を下ろす。結局、フォルバたちをまいた後も走り続け、森を抜け出てしまったのだ。

ところどころに散らばる石のほか、何もない荒地だったが、周りを見回せる分、ライには都合がよかった。はるか視線の先には、家らしい建物も見える。

「お前、フォルバになんかしたか？」

呼吸を整えながら汗を拭う少女に、ライは問いかけた。

「してないわよ。私がフォルバたち相手に何かできるわけないでしょう？」

「……それもそうだ」

すんなり納得され、少女は思わず笑い出してしまった。

「なんだよ？」

「あなたって面白いのね。勇者だって聞いていたから、もっと堅苦しい人かと思ってたわ」

「勇者だっていろいろいるだろ。俺の叔父も勇者だったけど、飲んだくれで女ったらしだったし」

「叔父さんも？」

驚く少女に、ライは誇らしげな笑みを見せる。マントから腕を差し出し、はめていた腕輪をリュアに見せた。

「勇者になると証として額飾りが与えられるんだ。これは叔父のを溶かして作り直したやつなんだ」

確かに腕輪には、ライが額につけている飾りと同じ宝石がはめ込まれていた。

リュアはマジマジとそれを見つめる。

「叔父さんのって、どうしてライが?」

ふとその事に気付き、リュアは問いかけた。

「言ったろ、飲んだくれだって。酒の飲み過ぎで五年前に体を壊してそのまんま」

「……そう。私の父様もね、三年前に亡くなったの」

「そっか。まあ生きてればいろいろあるさ」

クシャッと少女の頭を撫でると、ライは立ち上がり、優しく笑いかけた。

「人界に送ってやるから、お前は帰れ」

「どうして? 抜け道を行けば早いわよ?」

「心配してくれる奴いるだろ? だから帰れ。もう二度と魔界には来るな」

戸惑う少女の手を再び握り、森の中へと戻りだす。

「待って、ライ。お願いだから送らせて」

「駄目だ」

「抜け道を案内したらすぐに帰るわ」

「駄目だと言ったら駄目だ」

聞く耳も持たず森の中を進んで行くライに、少女は唇を尖らせて手を振りほどく。

「じゃあ頼まないわよ」

「あっ、おい！」

走り出してしまったリュアを追ってライも駆け出した。少女はランプを持っていなかったが、暗い森の中をなんの戸惑いもなく走って行く。

「待てよリュア。待てって」

するすると走って行く少女に驚きながらも、それの意味する事に気付きもせず、ライはただひたすらリュアを追いかけた。

「おい、リュア」

「！　きゃあっ！」

「リュア！」

何かに足をとられ、地面に沈んでいくリュアの手を追いついたライが急いで掴む。だが、沈む勢いに引きずられ、踏ん張る前に一緒になって落ちて行ってしまった。

vi

「わあっっ！」

リュアの体を抱きこんで落ちたライは、まったく受身もとれず、思いっきり腰を打った。痛みに顔をしかめながらもゆっくりと体を起こす。

「……大丈夫か？」

「ええ。ライがかばってくれたから」

「このバカ！　待てって言っただろっ」

無事を確認するなり怒鳴るライに、リュアは目を見開いて驚いた。

「ここは魔界なんだからな、何があるか分かんないんだぞ！　それなのにお前は……」

　腰をさすりながらもクドクドと説教をたれ始めるライに、リュアは恐る恐る声をかける。

「あ、あの、ライ？」

「もっと自分を大事に……ってなんだ？　文句があるのか？」

「いえ、怒るのはいいけど、それどころじゃないような気が……」

　言われてみればそうだった。どこに落ちたのかも分からないこの状況で、言い合っている場合ではない。もしかしたら魔物たちの罠であるかも知れないのだ。となればいつまでもここにいるのは危険だ。

「よし、出口を探そう」

「ライ、違うの。あっちあっち」

「え？」

　あっちと言われてもどっちか分からない状態ではあったが、辺りを見回してそれがどの方向の事を言っているのかすぐに分かった。闇の中に、無数の赤い目が光っている。

「巣に落ちたってわけか。ランプは？」

「あるけど、火が……」

転がり落ちていたランプを拾い上げ、ライに手渡す。それは落ちた衝撃で壊れてしまっていた。

「くそっ。しょうがない、先に逃げろ」

「嫌よ」

即答するリュアの頭をライは手探りで撫でる。

「いいから言う事を聞け。俺は勇者だぞ」

「だから何よ。私はだんな様の言う事しか聞かないわ」

腰に手をあて、ふんぞりかえる少女をライは見えずともなんとなく分かっていた。

「なら今は俺をだんな様だと思え。逃げろ」

リュアを突き退け、背を向けて剣を抜く。

「地中に集団で生息するカルクルか。喉やアキレス腱に食いついて、獲物が倒れ込んだところを群れでとどめをさすってやつの」

体は小柄で四足の魔物。大きい目に尖った耳は可愛らしささえあるが、獰猛《どうもう》な肉食なのだ。魔界の城ではこのカルクルをペットにしていると聞いてはいたが、ライには気が知れなかった。

「ライ」

「何やってんだ、早く行けっ」

振り向かずに怒鳴るライにリュアはムッとする。自分を犠牲にしても逃がそうとしてくれているのだから感謝の一つもしていいはずだ。どう考えても少女は足手まといでしかないのだから。だが、リュアはムッとした顔を笑みに変え、ガシッとライの腕を両手で掴んだ。

「リュ……」

「ライの方が大バカよ。だんな様の言う事は聞くけど、だんな様を置いて逃げられるわけないでしょ？」

言い終えると同時にリュアは駆け出した。

「逃げるなら一緒よ」

戸惑うライの腕を引いて真っ暗闇をリュアは走った。まったく先の見えない土の中を進んで行く。

「こらっ、離せ！」

「離さないわ」

「あいつらが追って来るんだ。離せっ」

見えない闇の中を走らされ、思うように抗《あらが》えないライの腕を、リュアは力ずくで引っ張って行く。だからといってこの危険な状況で剣をしまい、両手でリュアの手を振りほどくわけにもいかなかった。ライは仕方なく走り続けたが、カルクルたちとの距離は変わらない。

「……？　変わらない？」

ピタリと足を止めるライに意表を突かれたリュアは、つい手を離してしまった。慌ててライの腕に両手を回す。

「ライ?」

「見ろ。やつら寄って来ない」

言われてリュアは顔を向けてみた。ライの言う通り、カルクルたちは一定の距離を保って足を止めている。

「あいつらの足ならとっくに追いついてるはずだ」

試しに一歩さがってみると、カルクルたちも少しだけ動いた。だが、寄っては来ない。

「どうしてなんだ?」

「警戒してるのよ。人なんて滅多に見ないから」

「……そうなのか?」

「そうよ。近寄って来ないなら好都合じゃない。早く行きましょう」

かなり納得できないものがあったが、ライは引かれるままに走り出した。魔物たちがその後を当然のように追って来る。何度も振り返って様子を見たが、やはり距離は保たれたままだった。

「見て、外に出られるわ」

横穴のような所からうっすらと明かりが見えていた。二人は駆け寄り、覗《のぞ》いてみる。

「ギィ」

「！　リュア！」

ライは油断していた。一切襲う気配を見せなかったカルクルがリュアに飛びかかったのだ。咄嗟にかばったライの右肩にカルクルが牙をむく。

「くっ！」

落としかけた剣を左手で掴み、食らいつくカルクルに向けると、カルクルはすぐさま飛びのいた。

「ライ！」

「行けっ。絶対に通さないから」

「酷《ひど》い傷だわ。ライに怪我させるなんて許せない」

殺気立つリュアに驚き、脇を通り過ぎるリュアを一瞬止められなかった。

「あっバカ、行くなっ」

闇に潜む魔物の群れに向かって行くリュアを止めようとして、ライは膝をついた。

暗闇の中に、カルクルたちの奇声だけが響き渡る。

動く気配は感じるものの、群れへと身を委ねたリュアがどうなっているのか、ライにはまったく分からなかった。

朦朧《もうろう》としだす意識をなんとか繋ぎとめようと頭を振る。だが、次第に体の力が抜けていき、ライは地面へと倒れ込んだ。

だんだんと遠のいていくカルクルたちの声を聞きながら、ライはふと思い出した。カルクルの唾液には、それほど強くはないが、毒があるのだという事を。

「……リュア……」

第三章

偽《いつわ》りと真実

i

人界の勇者が魔界へ魔王討伐《とうばつ》に向かったという噂は、天界にまで広まっていた。

それは天主《てんしゅ》と呼ばれる天界の王にも報告され、事を重要視される。

「すぐに事の真偽を確かめよ。事実であれば戦いの準備をせねばなるまい」

「まさか、ただの噂でしょう」

「だが、先日勇者が誕生したのは事実だ。その勇者は城には上がっていないらしいしな」

「城仕えせぬ勇者もおります」

「だから調べろと言っている。そなたも調査に加われ」

「分かりました」

将軍フェルケは、部屋を退出するとすぐに数人の部下を連れて人界へと向かった。

事は急を要する。もしも人界の勇者が魔王へ攻撃を加えたとなれば、数千、数万年と続いた条約が打ち砕かれる事となるのだ。三界の間で決めた通り、望む望まぬとは関係なしに、天界は魔界と手を結び、人界を滅ぼさねばならない。

「フェルケ様、本当だと思いますか？」

「私の意見は関係ない。我々は事の真偽を確かめるだけだ」

「はっ、すみません」

張りつめた空気をまとい、天の使いは次元の歪みを超えて人界へと降り立った。向かうのは人界の王、ティードの居城。

人界と天界の境は湖の中央にあった。空を舞える天界の者は困る事はないが、人界の者が天界に向かう場合は舟を必要とする。そのため湖の岸には小屋が作られ、兵が交代で控えていた。

「これはフェルケ・デモア様。どうなさったのですか？」

来訪の通達もなく出入りするには大物過ぎる男の登場に、兵が戸惑う。

「急ぎの用だ、気にするな」

そのまま通り過ぎて行くフェルケに、兵は慌てて小屋に入ると、フェルケの来訪を紙に記し、鳥に託《たく》して空へと放った。

「あの噂が伝わったのだろうか……」

心細げに呟かれた兵の言葉は、誰にも聞かれる事はなかった。

城へと向かって一直線に飛んで行く鳥を、地を行くフェルケたち一行が目にとめる。

「先程の兵でしょう」

「放っておけ。これも仕事の内だ」

大して気にする事もなく、フェルケは足を進めた。空を行かないのは礼儀を重んじるため。人界の者は空を飛ばない。飛べないのだ。その人界で、天界人が我がもの顔で空を飛びかうわけにはいかないと、天主自ら禁じた事だった。

「お待ちしておりました。どうぞこちらへ」

湖の兵から連絡を受け、司祭が城門に迎えに出ていた。うやうやしく頭を下げ、先に立って一階にある謁見《えっけん》の間へと案内する。すれ違う兵たちはどこかオドオドとしていた。フェルケの威厳に気圧《けお》され、恐縮するのはいつもの事であったが、それとはまた別の不安に近いものが見え隠れする。あの噂を裏付けるかのような微かな怯《おび》えが、皆の瞳には含まれていた。

「よく来た、フェルケ・デモア。久し振りだな」

謁見の間に足を踏み入れると、人界の王は中央の王座を立ち、フェルケに歩み寄って来た。

「お久し振りです、ティード王」

膝を折り、頭を下げるフェルケの肩を王は軽く叩く。

「相変わらず堅いな。で、どうしたんだ今日は？」

知っていてとぼけて聞いてくる王のふてぶてしさに、フェルケは口元に笑みを浮かべる。

「ご存知でしょう、ティード王。噂の真相です。勇者が魔王の討伐へ向かったとか」

「知らんな」

「ご冗談を。天界にまで広まる噂を王はご存じないと？」

「まったくな」

王座へと戻ると、ドカリと腰を下ろし、悠々と足を組んでみせる。年若い王であったが、これでも人界を統《す》べる王なのだ。フェルケの鋭い視線を受けても、平然と笑みさえ浮かべている。

「ティード王、私も仕事なのです。どうあっても事の真偽を確かめなければなりません」

「真偽を知りたいのか？」

「はい。できますれば詳細も」

控えめな態度をとってはいるが、真偽を確かめない限り、意地でも帰らないという固い意思をその存在全てで訴えていた。膝を折り、かしずいていても、二人の立場に差はない。

「司祭、先日勇者の称号を与えた男はどうした？」

王は首をひねり、脇に控える司祭に顔を向ける。

「その者でしたら、魔王よりお預かりしていた魔鳥が行方知れずになりまして、その行方を探させに魔界へと行かせましたが」

「だ、そうだ」

明らかに事前に示し合わせていただろう二人に、フェルケは眉間にしわを寄せながら目を伏せた。しばしの間を置き、ゆっくりと目を開いて真っ直ぐに王を見《み》据《す》える。

「では、勇者が魔界へ行った事は認めるのですね？」

「ああ、認めよう」

「討伐はデマと？」

「そうなるな」

「もし、もしそれが間違いであったなら、あなたはどう責任をとられるおつもりです？」

あえて『嘘』ではなく、『間違い』であったならと言うフェルケの嫌味を、王は頬杖をつきながら鼻で笑い飛ばす。

「責任も何も好きにすればいい。どのみち人界は終わりだ。間違いであったなら、だがな」

「……分かりました。ひとまずはこれで引き下がりましょう」

フェルケは立ち上がり、身をひるがえした。数歩進んだところで足を止め、王を振り返る。

「お会いするのはこれが最後になるかも知れませんので言っておきますが、私はあなたのその飄々《ひょうひょう》としたところが好きでしたよ」

そう言い捨てると、さっそうと謁見の間を後にした。王はその背を見送って意地の悪い笑みを浮かべる。

「俺は煮ても焼いても食えないようなお前のその性格が嫌いだよ」

面と向かって言ってもよかったが、言ったところでなんのダメージも与えない事は分かりきっていた。むしろ面白がらせるだけかも知れない。

「とりあえずこれで時間が稼《かせ》げるな。魔界からの報告はどうなってる？」

「どうやらリユア様とライが接触したらしいのですが、その後はどうなっているのか……」

「ふん。あいつと接触したなら大丈夫だろう」

「だとよいのですが」

ii

城を去ったフェルケは、すぐに次元の歪みを抜け、天界へと戻った。最上階にある天主の部屋へと赴《おもむ》き、跪いて報告をする。

「あれは相変わらずのようだな。まあそんなところだろう」

背を向けていた天主はその内容に笑みをこぼした。

「王の話が事実だと？」

「そうではない。言い訳の程度の話だ。だがこれではっきりした。魔王討伐は事実だ」

断言する天主に、フェルケは別段驚いた様子もなく頷く。

「私もそう思います。ですが……」

「妨害させに誰かを差し向けた、か？」

「はい。人界も必死なのでしょう。どうしてそうなったかは分かりませんが、おそらく、勇者の独断です」

天主は面白げに笑みを浮かべると、コツコツと足音を立てて部屋を行き来しだした。しばらく何かを考え、見守っていたフェルケの前で足を止め、フェルケを見下ろす。

「傍観するか。ティードがどう対処するか見物《みもの》だ。最終局面によってはあの首をもらうとしよう」

「また物騒な事を……」

「冗談だ。あれは動いていてこそ面白い」

天主は壁一面に張られたガラス越しに、白く澄んだ空を見上げ、ここ数年会わない友人を思い浮かべた。

「この騒ぎが治まったら、人界へ泊まりに行くか」

「いいですね。私も連れて行って頂けますか？」

「ああ、いいぞ」

　いつになるか分からない事ではあったが、思いはもう人界へと行っていた。

「さぞかし変わっている事だろう」

「ええ。随分建物も変わっていました」

「そんなにか？　たかが数百年で」

「人界の寿命はおよそ七十年です。あっという間に世代は移ります。変わっていくのも無理はないでしょう」

「……そうか。そうであったな」

　呟きながら遠く広がる湖を見つめる。人界の入り口。次元の歪みで人界を望む事はできないが、その先に人界がある事は確かだった。天主は見えぬ人界を見ようとするかのように目を細め、溜め息をついた。

「天界と魔界の寿命はほとんど同じ。なのに何故人界はあれほど寿命が短いのだろう？」

「私には分かりかねます」

「あの王があと数十年でいなくなってしまうとは、なんとも残念だ」

数千年の寿命をもつ天主にはあまりにも短すぎる生だった。何度となく人界の王は入れ替わり、その度に魔界へ挨拶にやって来たが、本当にあっという間だった。

「前に会ったのはいつだったか？」

「前魔王のお葬式の日でした」

「そうだったか？」

「はい。そろそろ三周忌を迎えると魔界より手紙が届いていていました」

「そうか。……あいつとは長い付き合いだった」

急に気を沈ませる天主を見て、フェルケは無言で立ち上がった。軽く頭を下げ、静かに部屋を立ち去る。それに気付いたのか気付かなかったのか、天主はなんの反応も見せず、じっと外を見つめていた。

「長い寿命が良い事なのか、短い寿命が幸せな事なのか、私には分からんよ。……リオケス」

自分を置いて次々と土に返っていく友たち。その死を見届ける度に天主は悲しみを味わったが、志《こころざし》なかばで、しかし友の死を見る事なく寿命をまっとうする事ができる友たちと、どちらが不幸であるのかは、誰にも分からなかった。誰にも決められる事ではないのだ。

「人界に行く前に、お前の三周忌にも顔を出さねばな。後継ぎに会うのも三年振りだ」

魔界の前王、リオケスの葬式が行われた三年前、そのすぐ後に魔王の継承の儀が行われた。寿命で亡くなる場合は事前に継承の儀を行うのだが、突然の死である場合はどの界も葬式の日にそのまま行われる。

「友の選んだ勇者が、お前の後継ぎを倒しに行く事になろうとはな。できればどちらの味方もしたいが、そうもいくまい」

条約は条約。三界全てに浸透《しんとう》しているこの約定を天主自ら破るわけにはいかないのだ。たとえ魔王本人が許すと言っても。

「人界にもとんだ異端児がいたものだ。何万年も続いた和平を単身で壊しにかかるとは」

苦笑を浮かべながらまだ見ぬ勇者を思い描いた。この騒ぎを起こした張本人であり、友の治める人界をこの手で滅ぼさせようとする憎むべき人間であるのに、何故か負の感情がわかない。

「お前の毒にあてられたか、ティード。お前はどんな時でも飄々としているからな」

クスリと笑い、暗い考えを振り払うように頭を振った。

「誰か、フェルケを呼べ」

台の上に置かれた鈴を鳴らす。

思い悩むだけが王ではない。時として考える前に動いてもいいのだ。

「お前の持論《じろん》だったな、リオケス」

iii

天界に夜がやって来た頃、白のマントに身を包み、フードを深くかぶったフェルケが森の中へと足を踏み入れていた。ランプを手にして森の中を進む。

「天主様、足元に木の根が出ています。気を付けて下さい」

「大丈夫だ」

並んで歩く同じ様にフードをかぶった天主を、フェルケは度々気にかけていた。天主は軽く手を上げ、フェルケの差し出す手を遮る。

「お前は心配し過ぎだ。私は子供ではない」

「ですが天主様……」

「言っておくが、私はお前より強いのだからな。心配するのは私の方だ」

「……」

それは確かに正しいが、フェルケと天主では命の重さが違う。それを言えば天主の怒りをかう事が分かっているため、フェルケは黙るしかなかった。

「フェルケ」

「はい、なんでしょう？」

「ふと思ったのだが、黒いマントにしていればこうして歩く事もなく、魔界へ行けたのではないか？」

天主は言いながらマントの裾を掴み、フェルケへと顔を向ける。

城の者たちに内緒で出て来た二人は、空を飛んでは目立つからと、森を歩いて進んでいたのだ。

「おっしゃる事はごもっともです。ですが、黒のマントなどいけません」

「何故だ？」

「貴方様は天界の主です。マントとはいえ、闇をまとうなどとんでもありません」

フェルケは突然、説教をするように天主へと語りだした。

「天界のシンボルは『白』と決まっております。黒なんてそんな……」

「身分を隠して行くのに、シンボルをまとっていては意味がないのではないか？」

「……」

核心をついた天主の言葉に、フェルケは言葉を失った。確かに天主が闇色で身を包むのはとんでもない事ではあったが、今回はお忍びで魔界へと向かっているのだ。これでは遠くからでも目立ってしまう。

「すぐにご用意いたしますっ」

「まあ待て」

来た道を戻ろうとしだすフェルケのマントをすぐさま摑んで引き止める。

「ここまで来たのだ、マントは向こうで調達しよう」

「ですが、すぐに魔王に伝わってしまいます」

「すぐには伝わらん。向こうも勇者騒ぎでそれどころではないだろうからな」

天主はいたずらを考える子供のような笑みを見せると、手を離し、さっさと歩き出した。その後に、フェルケは慌てて従った。

iv

次元の歪みまで来ると、天主とフェルケは足を止めた。顔を合わせて頷き、魔界へと足を踏み込む。

「ウガアッ！」

「ギイイッ」

二人はすぐさま踏み込んだ足を戻した。無言で目を合わせ、ひと呼吸つく。

再び二人が顔を覗かせてみると、やはり魔物たちが大騒ぎで森の中を駆けずり回っていた。奇声を上げ、どうやら怒っている様子。

「今のはフォルバとカルクルか？」

「そのようです」

顔を引っ込めた二人は、同時に眉をひそめた。

「攻撃しない限り怒る事のないフォルバが、怒り狂っているように見えたが？」

「私にもそう見えました」

天主の疑問にフェルケはすんなりと答えた。

「遅かったか」

「その可能性もないとは……いえ、かなりありますが、確認をするまでは諦めるべきではないと……」

良き方向へ向かうよう密かに手を貸すべくやって来たが、いつにない魔界の様子にさすがの天主も顔色を変える。

「天主様、まだ決まったわけではありません。城へ向かってみましょう」

「……もし、遅かったら？　私はなんとリオケスにわびればいい？」

「それを考えるのは今ではありません。行きましょう、天主様」

「……そうだな」

僅かながら笑みを見せた主に、フェルケも笑みを浮かべて頷いた。

第四章　魔王

i

黒い雲の隙間から、日の光が地上に降りそそぐ。それだけでどんよりとした空気がいくらか軽くなったような感じすらした。不思議な感慨にライは笑みをこぼす。

「魔界にだって朝はあるか……」

「ライ！　目を覚ましたのね？」

空から視線を地上に戻すと、リュアが心配げにライを覗き込んでいた。

「怪我、ないのか？」

「何もないわ。怪我してるのはライの方じゃない」

いつでも自分の方を心配してくるライに、苦笑を浮かべる。

「ここは？　どうやってあいつらから逃げきった？」

森の中のようだったが、側にはまったく魔物の気配がなかった。カルクルの群れに向かって行くリュアを止めようとしたところまでは覚えていたが、その後の記憶がなかった。不思議に思い、横になったまま周りを見回す。

「急にいなくなったの」

「え？」

「理由は分からないけどいなくなって、だから逃げきれたのよ」

「……お前が俺を引きずって来たのか？」

「覚えてない？　私が支えて自分で歩いて来たのよ」

思い返してみたが、まったく覚えていなかった。思いふけるライはすまなそうな表情をするリュアに気付きもしない。

「毒はもう抜けたと思う。一時的なものだから、後遺症もないわ」

「そうか。悪いな」

顔を向けた肩は手当てされていた。傷口に薬草をすりつぶしたものが塗られている。

「……私のせいだから」

「お前のせいなんかじゃない。気にするな」

優しく笑いかけ、痛む肩をかばいながら体を起こした。

「よく効く薬草だからすぐに良くなるわ。もしかしたら熱は出るかも」

立ち上がるライをリュアは支えた。ライはマントを羽織り、剣を腰に携えると軽く腕を動かしてみせる。

「ライ、まだ動かさない方がいいわ」

「大丈夫だ。痛みはあるけど、これなら剣を振れる」

「まさかライ、城へ行くつもり？」

「ああ。帰ったらしばらく城を出られないかも知れない。だから今行かないと」

なんでもない事のように言いながらフードをかぶるライに、リュアは縋《すが》りついた。

「無理したらまた傷口が開くわ」

「人界の入り口はどっちだ？　送って行く」

「ライッ」

「俺はやると言ったらやる。どっちだ、リュア？」

まったく聞く耳を持たないライに、リュアは眉間にしわを寄せ、縋りついたままライのマントをぎゅっと握りしめた。

「行く必要はないわ」

「駄目だ、送って行く」

「違うの。……そうじゃなくて、私が……私が魔王なの」

俯いたまま必死な思いで言葉をつむぐと、リュアは唇を噛みしめた。黙ってライの反応を待つ。

「……リュア」

「ごめんなさい、黙ってて」

「やっぱバカはお前だ」

そっとリュアの肩に手を添え、体を離させた。ゆっくりと顔を上げるリュアに、ライは笑いかける。

「そんな嘘、俺が信じる訳ないだろ？」

「嘘じゃないわっ」

「なんと言ったって俺は行くからな。こっちか？」

「ライ、本当なのよ？」

「はいはい」

適当にリュアをあしらい、勝手に予想をつけてライは歩き出す。リュアはライの腕を掴んで何度も言い縋ったが、ライは本気にするどころか、相手にすらしなかった。どんどん歩いて行き、森を出てしまう。

「あれ、こっちじゃないのか」

昨日リュアと話をしていた荒地を前にし、戻ろうとしたところで後ろにいたリュアにぶつかった。

「……何やってんだよ」

「さっきから呼んでるのに、無視してたのはライでしょ！」

リュアの言い訳を聞くどころか、存在すら消していたライに、リュアはこぶしを握りしめて怒鳴る。

「お前が訳分かんない事言ってるからだろ」

「私がいつ訳分かんない事言ったのよ？」

「さっきからずっとだよ。俺はそれどころじゃないんだからな」

脇をすり抜け、森へと入って行こうとするライのマントを、リュアは力いっぱい引っぱった。

「うげっ……何してんだ、お前はっ」

「いいわよ、案内してあげるわ」

ムッとした顔つきで告げると、マントを掴んだままリュアは歩き出した。

「おい、そっちじゃないだろ？」

人界の入り口は森の中にあるのに、リュアは荒地の方へと歩いて行くのだ。眉をひそめるライを無視し、リュアはそのまま足早に進んで行く。

「どこ行くんだ、こら」

「司祭の言う通りだわ。人の話は聞かないし、思い込みは激しいし」

「何か言ったか？」

「何も言ってないわよっ」

その後もブツブツとリュアの愚痴は続いていたが、ライは聞く耳を持たず、きょろきょろと周りを見回していた。

ii

どれだけ歩いたか、荒地に取り残されたさびれた井戸を前にして、リュアは振り返った。

「ここが近道よ」

「なんでこんなところ通って行くんだ？」

「フォルバたちに出くわしたくないでしょ」

さっさと入れと目で凄《すご》むリュアに、仕方なくライは井戸の中のハシゴに手をかける。体を下ろすと、右肩をかばいながらゆっくりと下へと降りて行った。

「で、どこが近道だって？」

井戸の底についた二人は、横に続く穴を進んだ。リュアに手を引かれながらもう随分歩いた感じではあるが、いっこうに出口は見えてこない。

「信じてくれる気になった？」

「何がだ？」

「人界の人間は暗闇では目は利かないんでしょう？」

「まだそんな事言ってんのか？　通った事のある道なら俺だって目をつぶっててでも通れるさ」

「それはライが特別だから……」

「出口だ」

明かりが見えてライは駆け出した。

「もうっ」

一度こうと思ったら簡単には訂正のきかないライの性格を、嫌というほどリュアは思い知らされた。呆れながら溜め息をつき、仕方なくライを追いかける。

「一人で行ったら危ないわよ、ライ」

ハシゴを登って上に出たライに追いつくと、マントを掴んだ。それに気付いていないのか、ライは放心している。

「どこが近道だって？」

「近道だったでしょ？　ライが行きたがっていた魔王の居城よ」

ランプの明かりが灯《とも》されたその部屋は、城の地下にある貯蔵庫だった。

「バカ！　お前が一緒に来てどうすんだ！」

「あら、人界への近道だなんて私言ってないわよ」

リュアはプイッと顔を背けると、部屋の隅にある階段へと歩き出した。

「こら、お前は戻れ」

「嫌よ。全然人の話、聞かないんだもの」

「後でいくらでも聞いてやるからっ」

本気でうろたえるライに、満足げに笑いながらリュアは階段を上がり始めた。

ライもそれを追いかける。

「どこ行く気だ、リュア？」

「大広間よ」

階段を上がり、赤い絨毯の敷かれた通路に出ると、リュアは慣れた足取りで進んで行った。その後を内心でびくつきながらライもついて行く。自分一人なら怪我をしていてもどうにかなるが、リュアまで守りきる自信は今のライにはなかった。

iii

「リュア、もういいから帰れ」

声をひそめながらライはリュアの腕を掴む。

「帰れってどこへ帰れって言うのよ」

「人界に決まってるだろ」

「……本当に信じてないのね」

「いい加減にしろって。マジで危ないんだぞ」

とうとう怒り出したライに、リュアはニッコリと笑って指を差す。

「もう遅いわ。着いちゃったもの」

目指す大広間に着いたらしく、リュアは扉の前で腰を屈《かが》め、そっと扉を開いた。

僅かな隙間から中を覗き込むリュアを見て、ライも一緒になって覗き込む。

「もういい！」

突然の怒鳴り声にライもリュアもビクリと体を反応させた。

「これだけ探してまだ見つからんのか、役立たずめ！」

声の主はドカドカと広間を歩き、魔物たちを蹴り飛ばしている。

「見つけるまで帰って来るな！」

「ギャアッ」

「ウギィッ」

奇声を上げ、魔物たちが一斉に正面の大扉から飛び出して行く。ライはマジマジと声の主を見つめ、ハッとした。

「カルヴァ・カルヴェ」

「まあ、よく分かったわね」

「当たり前だ。将軍を知らない奴なんていない」

声をひそめて言いながらも、目はじっと将軍に向けられていた。こちらに背を向けて立っていたが、身を包む衣服からのぞく肌はうろこ状で、濃い灰色をしていた。剣さえも防ぐという硬質の体にライは息を呑む。

「何している、お前たちも行け！　王を連れ去ったという人間を殺せ！」

「はっ」

人間とほとんど変わらぬ姿をもった魔物たちが頭を下げ、大扉から出て行く。

「……王が連れ去られた？」

「そう思われてるみたいね」

苦笑するリュアにライは頭を悩ませる。

「魔王はこの城にいないのか？」

「だから私がそうなのよ」

「なんで人間なんかに連れ去られたんだ？」

「連れ去られたんじゃなくて一緒に来たんでしょ」

「探しに行くぞ」

「人の話を聞いてったらっ」

通って来た抜け道に向かおうとしだすライに、リュアはしがみついた。ライの足が絡まり、バランスを崩して二人して床に倒れ込む。

「イテテッ……何してんだよっ」

「聞いてくれないから悪いんでしょっ」

圧《の》し掛かったままのリュアをどかし、手をついたせいで開いた傷口を抑えながらライは立ち上がった。

iv

「誰だっ！」

怒声と共に凄い音を立てて扉が開き、先程覗き見ていた将軍が姿を現した。ライが咄嗟にリュアを背にして剣を抜く。

「王！」

目を見開いて将軍はライの後ろを凝視する。

「き、貴様か！　貴様が王を連れ去ったのか！」

将軍が歯軋《はぎし》りをしながら憎々しげにライを睨みつけた。腰にさしていた剣を抜き、ライに向けて剣を構える。

「……何言ってんだ？」

向き合う将軍の言葉を、ライは理解できなかった。言語が理解できないのではなく、意味が分からなかったのだ。困惑しつつも剣を構え、警戒だけは怠らない。

「だから言ったでしょ、私が王だって」

背中で溜め息まじりに言うリュアの言葉に、ライはますます混乱する。

「剣をしまいなさい、カルヴァ」

「王っ？」

「命令よ。この人に何かしたら私が許さないわ」

「落ち着いて下さい、この人間はあなたをさらった不届き者ですぞっ？」

リュアの言葉が信じられなくて、将軍は剣を構えたまま首を振る。

「もう一度言うわ、カルヴァ、剣をしまいなさい」

ライの横に立ち、威厳をもって命じるリュアに怒りに震えながらもしぶしぶ剣をしまう。

「……」

ライの混乱は頂点に達していた。魔界の将軍がただの少女の命令に従ったのだからもう訳が分からない。この期に及んでもライはリュアの言葉をまったく信じてはいなかった。

「一体どういう事です、王？」

「森で迷った私をここまで連れて来てくれたのよ」

「そんな事を信じると思いますかっ？　報告によれば無理矢理あなたを連れ去ったと聞きました」

「だからそれが誤解なのよ」

将軍に蹴りを入れてリュアはライに向きなおった。未だ放心状態のライから剣を取り、鞘《さや》へとしまう。

「信じてくれた？」

「……そういう事か。将軍と面識があったんだな」

「だからどうしてそうなるのよ。私が魔王だって言ってるでしょっ」

「じゃあなんでカルクルはお前に襲いかかったんだよっ？」

「カルクルが王に襲いかかったっ？」

悲鳴に近い声を上げる将軍にリュアが頭を押さえる。

「カルヴァは黙ってて。あれはね、多分ライから私を助けようとしたのよ」

「……フォルバもか？」

「ええ、そうよ」

納得を見せつつあるライにひとまずホッとしながら、リュアはあやすように話して聞かせる。

「ライが剣を抜いていたから私の身が危ないと思ったのね、きっと」

「……本当の本当にお前が魔王なのか？」

「失礼な奴め！　この方はこの魔界を統べる魔王であらせられるぞっ。気安くお前などと呼ぶな！」

「黙りなさい、カルヴァ！」

ライの認識を変えようと必死になっているところにいちいち横槍を入れる将軍を、リュアはキッと睨み上げる。

「……っ」

「今度口を開いたら許さないわよ」

冷ややかに目を細めるリュアに、将軍が青ざめながらも黙って頷く。リュアの目を見て本気で怒っている事が分かったのだ。

「ね、これで信じてくれたわね？　私が魔王だって」

態度を変えて笑顔を見せたリュアは、体を震わすライに首を傾《かし》げる。

「ライ？」

「お前、じゃあこの怪我は全部お前のせいじゃないかっ！」

指まで差して怒鳴るライに、文句を言いそうになる将軍が必死に口を押さえる。

そんな二人をよそに、リュアは一人穏やかな笑みを浮かべて見せた。

「だから言ったでしょ、私のせいだって。ライはお前のせいじゃないから気にするなって言ってくれたわよね」

まったく悪びれなく言ってのけるリュアに、ライは開いた口が塞がらなかった。

どうやら敵ではないと理解した将軍が、リュアに振り回されたらしい少年を、密かに憐《あわ》れんでいた。

V

興奮に興奮をきたしたライはリュアが用意させた一室で休んでいた。人間で言う女の魔物が侍女服に身を包んでかいがいしくライの肩に包帯を巻いている。

「熱が出るようでしたらこれを飲んで下さい。解熱剤です」

「あ、ああ。ありがとう」

「すぐにお食事の準備をしますので少しお待ち下さいね」

切れ長の四つの目でニッコリと笑って見せると、侍女は部屋を出て行った。それと入れ違いにカルヴァ・カルヴェが入って来る。

「王を守ろうとしてくれたそうだな」

「……魔王だなんて知らなかったんだよ」

「無理もない。あの方は人間の血もひいているからな」

ドカリと勝手に向かいのイスに腰を下ろす将軍に、ライは身を乗り出した。

「あいつそうなのか？」

「あの方と言え。あの方は人界の血を濃く継いでいらっしゃる」

「そんなのがなんで魔王になれるんだ？」

「そんなのだとっ？」

ライの言葉にいちいち突っかかってくる将軍に内心で苦笑しながらも、ライは素直に訂正する。

「そんな方がどうして魔王になれるんだ？」

「前王リオケス様のご遺言だった。それに王にはリュア様しか後継ぎがいらっしゃらなかったからだ」

なるほど、とライは納得する。

三界はどこも世襲《せしゅう》制を保っていた。王の子が次代の王となる。それがたとえ能無しでぐうたらでまったくの役立たずであったとしても、王の子であれば自動的に王になれるのだ。

しかし幸いな事に、過去そんな王が立った事は一度もなかった。

「リュア様も素晴らしい王だ。王としての威厳も風格も持ち合わせていらっしゃる」

「……まあな。多少口うるさいけど」

「確かに。あ、いや、そんな事はないっ」

ごまかすように立ち上がると、将軍が意味もなくライを睨みつける。

「人界にはトル・ネスを飛ばしてある。食事が済んだら送って行くから大人しくしているのだぞ」

踵《きびす》を返し、足早に将軍は出て行った。それを見送ってライはイス三つ分はありそうな長イスの上に体を横たえる。

「まったく、最悪だな」

魔王討伐に来たはずが、当の魔王に振り回された挙句、こんな怪我まで負わされて、お詫《わ》びと称して魔王の居城で食事の招待なんか受けている。そして最後には将軍自らのお見送り付きときたものだ。ライは深い溜め息をつき、目を閉じて眉間にしわをきざんだ。

「何やってんだ俺はっ」

ガバッと起き上がると、ライは剣を腰にさし、マントを羽織って部屋を出た。

「勇者様、どちらへ？」

「帰る」

「あ、お待ち下さい」

扉の前に控えていた衛兵らしい魔物が槍を手にライを追いかける。それを無視してライはスタスタと通路を進んで行った。

「お待ち下さい、勇者様」

手を出すなと言われている衛兵はライに触れられず、ひたすら追いかける羽目になっていた。その数は通路を進むごとに増えている。

「食べて行ってくれないの？」

階段にさしかかったところでリュアが壁に寄りかかり、待ち伏せをしていた。

その前を何も言わずに通り過ぎようとしたライの腕をリュアが掴む。

「討伐に来たんでしょう？」

「うるさい」

顔を背けるライにリュアは笑みを浮かべる。片手を上げると、追いかけて来ていた衛兵たちは皆安堵して持ち場へと戻って行った。

「ライ、いい事を教えてあげましょうか？」

「……なんだ？」

「『三界の条約』って知ってる？」

「知ってるさ。サヴィエントで習った」

一般常識である事をあえて聞いてくるリュアに、いかにもうさんくさげな表情をライは浮かべる。

「どういう内容か言ってみて」

「なんでそんな事……」

「いいから言って」

面倒くさがるライの腕を引っ張ってリュアはせかした。

「……『互いの領域に対し、一切の侵略行為を行わない』」

「よくできました。ではその互いの領域って何？」

「何なんだよ一体」

「いいから。重要な事なのよ」

意地でも手を離さないリュアをライが困惑げに見下ろすと、リュアはニコニコと楽しそうに笑っていた。溜め息をついて仕方なくライは口を開く。

「魔界なら天界と人界。人界なら魔界と天界。天界なら……」

「もういいわ。じゃあどうしてライは魔王討伐に向かおうと思ったの？　その条約があるのに」

「どうしてって、勇者は魔王を倒すと決まってるからだろ」

「誰が言ったのそんな事？」

「俺の叔父」

vi

「くっくくっ……」

「おい、いい加減笑うのやめろ」

ライはふてくされ顔で正面に座るリュアを睨みつけた。

「ふふ、だって……」

止めるに止められない様子にライは呆れ、無視して食事の手を進める。

リュアは階段での話からずっと笑い続けていた。叔父のした作り話を信じ、勇者は魔王を倒すものだと思い込んでいたライは、サヴィエントのどんな教えもただの知識としてしか頭に入らなかったのだ。よく考えればすぐに分かる事だったが、ライは三界の条約を知っていてなお、その事に気付かなかった。

「言ったでしょ、人の話をちゃんと聞けって」

「叔父の話を聞いてこうなったんだろっ」

「皆の話を聞けばいいのよ。ライは偏《かたよ》りすぎ」

勇者であったライの叔父はライの最も尊敬する人間だった。城から遠く離れた村に住む両親と別れ、サヴィエントに入ったライは、度々訪れてくれる叔父だけを慕っていつかは自分も勇者になるのだと信じていたのだ。

「ジーク」

「え？」

「ジーク・シュトレーゼでしょ？」

「なんで知って……？」

長い間耳にしなかった名前にライは驚く。

「一度だけ会った事があるの」

「いつの話だ？」

「……二十五年ぐらい前かしら。ティードの前の王が一緒に連れて来たのよ、最年少で勇者になった少年だって」

思案しながら語るリュアに、ライはふと首を傾げた。

「二十五年前って、お前まだ生まれてないだろ？」

「……」

「お前いくつだ？」

純粋に疑問に思って聞いているのだろうけれど、リュアは急に食欲を失くした。

「もういらないわ」

ナイフとフォークを皿の上に置き、席を立つ。

「待てって、リュア」

ライも席を立つと、リュアを追いかけた。腕を掴んで引き止めるライの足をリュアは踏みつける。

「イテッ……何すんだよっ」

「乙女の歳を聞くなんて失礼よ！」

「誰が乙女なんだよ。俺はただ……」

「ライのバカッ」

両手でライの体を突き飛ばすと、走って部屋を出て行ってしまった。ライは訳が分からず呆然とする。

「なんで怒んだよ？　歳聞いただけだろ？」

立ちすくむライに一人の侍女が歩み寄る。

「王は気にしていらっしゃるんですわ、歳の差を」

「……なんでそんな事気にすんだ？」

知識を紙上でしか役立てていないライは、魔物たちが人と違う寿命をもっている事を知っていても、リュアに重ねる事はできずにいた。

もちろん今も、歳の差と言ってもせいぜいが四、五年程度にしか思っていない。それが分かったのだろう、侍女は表情を曇らせる。

「どうかありのままの王を受け入れて下さい」

心からお願いするかのように深々と頭を下げると、侍女は下がって行った。一人残されたライが側の壁に背をもたれかけさせる。

「……ありのままってなんだ？　今の俺はそうじゃないのか？」

魔王であろうとなかろうと、ライにとってはリュアはリュアだった。もし三界の条約がなかったとしても、リュアが魔王と知ったからといってその手にかける事などできなかっただろう。

「勇者の俺をさんざん振り回してたくせに、変な事気にすんだな」

意外なリュアの一面に、ライは苦笑し、頭をかく。

「全く、世話のやける奴だ」

食事もそこそこに自室へと引っ込んでしまっただろうリュアを宥《なだ》めるため、ライは仕方なしにリュアの部屋へと足を向けた。

vii

リュアの部屋は城の最上階にあった。辿り着いたライの眼前に、ライの身長の三倍はありそうなほどの大きな扉が立ちふさがっていた。それを一度上まで見上げ、視線を戻したところで扉に手をかける。

「待てっ！」

突如後ろから制止の声がかかった。あまりの切羽詰ったような声に反応し、ライが振り返る。

「……っ」

「いいか、早まるな」

驚くライの目前で黒いマントに身を包んでいた男たちがフードをとった。一人がゆっくり歩み寄って来る。

「誰だお前ら？」

魔物ではないがどう見ても怪しい二人組みに、ライは素早く剣を抜いた。近寄って来ていた男が足を止める。

「待て、私は敵じゃない」

「こんな所で何してる？　魔界の者なのか？」

リュアの事もあって念のため確認してみる。外見が人でもハーフかも知れないからだ。

「私は天界の者だ」

「！　何しに来た？」

状況が分からず、ライは警戒を解く事ができなかった。もしなんらかの害を与えに来た者たちであれば、部屋にいるはずのリュアを守ってやらなければならない。

「とにかく剣をしまえ、話し合おう」

「俺は何しに来たか聞いてるんだっ」

二人の間に張りつめた空気が漂う。

「そなたこそここへ何しに来た？　なんのために魔界へ来たのだ？」

後ろに控えていた男が静かに問いかける。ライは途端に眉をひそめた。自分の恥をわざわざ指摘してくる男に怒りさえ込み上げてくる。

「あんたには関係ない。俺がここで何していようと俺の勝手だ」

「そうもいかん。あくまで引き下がらないと言うのであれば力ずくでも排除する」

男がすらりと剣を抜き、構えてライと向き合う。どちらも内心必死だった。ここで相手を止めなければその結果何をもたらすか、考えるだけで胸がしめつけられる。

「どうあっても引き下がる気はないのだな？」

「そっちこそ」

鋭く睨みつけてくる男に気圧される事なく、ライは受けて立った。互いに引く様子のない事を確認すると、二人が同時に動いた。剣で打ち合い、相手の力量を測る。

「勇者になるだけはあるな」

「！　なんで知って……」

剣を交差させ、力で押し合う二人の横でカチャリと扉が開いた。ライが驚きながらも剣を弾いて後ろに飛びのき、すぐに扉を背にする。

「何を騒いでるの？」

「出てくるなっ！」

顔を見せるリュアにライは怒鳴りつけた。リュアを背にされて男が動きを止める。

「今は絶対に出てくるな、中にいろ。変な連中がここに……」

「あら、カフル様にフェルケ様。お久し振りね」

その場の雰囲気には似つかわしくない穏やかな気配でリュアが笑いかけた。

「連絡下さればいいのに。何か急用かしら？」

目の前では二人が剣を抜いているというのに、なんら気にした様子もなく、リュアは微笑んだ。

さすがに何かおかしい事に気付いた三人が眉をひそめながら顔を合わせ、二人が無言のうちに剣をしまう。

「リュア、知ってる奴なのか？」

リュアを振り返り、ライは問いかけた。

「もちろんよ。紹介するわね、ライ。こちらが天界の主カフル様で、こちらが将軍のフェルケ様」

「えっ？」

驚きのあまり目を見開くライの腕に、自然な様子でリュアが腕を回す。

「この人はライ・シュトレーゼ。私のだんな様よ」

固まる三人をよそに、リュアは一人楽しげに笑っていた。

第五章

儀式

i

三界を巻き込んだ勇者の魔王討伐騒動の話は、瞬《また》く間に消えていった。現在三界は別の話で持ちきりになっている。

「おい、なんで俺がこんなもの着なきゃならないんだ？」

部屋の中央でライは両手を広げながらぼやいた。

「文句言わないの。私は人界の救世主なのよ」

ライの足元にかしずいていたリュアは、しかめ面で見下ろしてくるライにニッコリと笑みを浮かべると、再び手を動かしてライの衣装を整えていった。

痛いところを突かれたライは口を閉ざし、眉間にしわを寄せながらも大人しくされるがままになる。

事実、リュアは人界の救世主であった。

ごく僅かの者しか知りえない事ではあったが、リュアが知らぬ振りをしてくれたおかげで、ライが魔界へ来た事になんの問題も起きなかったのだ。泊まっていけと言い出したリュアに反論もできず、なんだかんだとライは三日間魔界に滞在させられていた。

「はい、できたわ。ちゃんと立って」

リュアは立ち上がると数歩下がって確認をした。上から下まで漆黒に包まれたライを見て微かにリュアの頬に赤味がさす。

「よく似合うわ、ライ」

嬉しそうに笑いながらライの襟元を少し直した。

「ライ、教えた言葉憶えてる？」

「……『サルカ・ディオ・ローム』だろ」

「そうよ。杖の頭を向けられたら言うのよ」

「大事な儀式なんだろ？　人間の俺なんか出て大丈夫なのか？」

詳しい内容は教えられなかったが、城中の騒ぎを見ればその重大さはすぐ分かった。魔物たちは今、死ぬか生きるかというほどの必死な様子で準備に取りかかっている。

「ライじゃないと駄目なのよ。後でね、勇者様」

自分の支度があるからと出て行くリュアを、不安な面持ちでライは見送る。人界を救ったお礼にある儀式に参加してくれと頼まれたのは昨夜の事だった。ぜひ参加してほしいとまで言われては断わりづらく、結局今に至っている。

「今日こそは帰ろう。司祭様のところに顔も出さないといけないし……」

人界に戻った時の事を考えると気が重かった。司祭はライが魔界へ向かった理由を知っている。しかも止めようとまでしてくれたのを、振り切るようにして出て来てしまったのだから会わせる顔もない。

急に気が抜けてライは長椅子に座り込んだ。それとほぼ同時に扉が叩かれる。

「勇者様、お客様がお見えです」

声と共に扉が開かれ、四つ目の侍女が顔を出した。侍女が体を下げると、横から客人が姿を現す。

「あ、司祭様！」

ライは驚き、飛び上がるようにして立ち上がった。気にかかっていた人物の登場に戸惑いを隠せない。

「思ったより元気そうだな」

「……すみません、司祭様。俺……」

「もう済んだ事だ。何事もなかったのだからよしとしよう」

「……本当にすみませんでした」

故意ではないとはいえ、罪人として捕らえられてもおかしくない事をしでかそうとしていたのだ。いや、死刑になってもおかしくはなかった。ライはあまりの申し訳なさに跪き、頭を下げる。

「よしなさい、ライ。王も許した事だ。その好意を素直に受けなさい」

「王が？」

「事は内密にしてある。民たちになんの理由も話さず、勇者であるそなたを罰する訳にはいくまい？」

「……」

こぶしを握りしめるライを司祭は手を差し伸べて立たせる。

「今日はめでたい日だ。そんな暗い顔では台無しだぞ」

「司祭様はなんの儀式かご存知なんですか？」

ライの問いに司祭が目を丸くする。とんでもない事を言ってしまったかのような気になってライはうろたえた。

「あのっ……俺、変な事言いました？」

自分の言動を思い返しながらもまったく思い当たらないライは、口を開いたままの状態で固まっている司祭を覗き込んだ。

「司祭様？」

「おっお前、これから開かれる儀式がなんであるのか知らんのか？」

「はい、聞いていません」

司祭のあまりの驚きように、ライは不信感を抱いた。自分はリュアに何か騙されているのではないかと。

「一体なんの儀式なんです？」

「あ、いや……いい。知らぬならそれでいい」

「司祭様？」

「私はそろそろ失礼しよう。また後でな、ライ」

引きつった笑みを見せながら司祭は慌てたように体を反転させ、部屋を出て行く。

「司祭様っ？」

滅多に見ない司祭のうろたえように、ライの不信感がますます募っていった。いてもたってもいられなくなってライは部屋を飛び出す。

「いけません、勇者様。時間までこのお部屋でお待ち下さい」

「リュアのところに行くだけだ」

「私ならここよ」

「リュア、一体どういう……」

立ちふさがる衛兵たちを押しのけ、リュアに怒鳴りかけたところでライの動きが止まる。

呆気にとられているライに恥じらうようにリュアは笑いかけた。

「似合わないかしら？」

「……いや」

無意識に首を振るライにリュアは嬉しそうに微笑んだ。ライと同じ漆黒の衣装を揺らめかせ、ゆったりとした足取りでライに歩み寄る。

「行きましょう、ライ」

差し伸べられたリュアの手をとり、放心したままライは歩いて行く。控えていた侍女や衛兵たちは仲睦《なかむつ》まじい二人の様子に、目に涙を溜めて喜んでいた。

ii

大広間は、埋め尽くさんばかりの魔物たちで溢れ返っていた。その中に紛れるように人界や天界の者の姿もある。リュアと共に扉をくぐり、大広間へと一歩足を踏み入れたライは、あまりの熱気に圧倒された。

大勢の魔物たちが左右に分かれ、大広間の中央には道が作られている。多種多様の魔物たちがそれぞれに声を上げる中、その間を進みながらあまりのやかましさにライは表情を歪めた。それに反し、リュアはまったく気にした様子もなく何故か嬉しそうに笑っている。

「なんなんだ、一体……？」

「前の祭壇に上がるのよ。後は勝手に進めてくれるから、杖を向けられたら言ってね」

ライを宥《なだ》めるように穏やかな声で告げられた。

「分かってるさ」

しつこいほど念を押されたその言葉は、忘れたくても忘れられないくらいに憶えさせられていた。

言葉を忘れていないか、言うタイミングを分かっているか、何度も何度も確認されまくったのだから。

心の中でぼやきながらも、祭壇の上に足を進めると、途端にピタリと魔物たちの声がやんだ。衣ずれの音さえしないほどの静けさに、ライは内心でうろたえる。一瞬何かしてしまったのかと心配したが、すぐにそうではない事に気付いた。

「アーブトゥ・マウラーズ・デオヴェーラ・フォウズ」

静まり返った大広間に、司祭らしき魔物の声が響き渡る。二人の眼前に立つその魔物は、ライの理解できない言葉でしゃべりながら杖を振るっていた。左右に立つ魔物も加わり、ひたすらなにやら唱えている。

ライにとっては魔界の儀式など初めての経験だった。どこか神聖さを感じさせる司祭たちの言葉に、ライはすっかり聞き入っていた。

どれだけしゃべり続けたか、やがて司祭は杖を下ろすとライに顔を向けた。杖を向けられてライはハッとする。横目にリュアを見ると、リュアは笑みを浮かべて頷いた。

「……サルカ・ディオ・ローム」

ライの言葉に、司祭が表情を和らげる。今度はリュアに向きなおり、杖を向けた。

「サルカ・ディオ・ローニャ」

即座に返すリュアに、司祭は頷いて杖を引く。そして大声でなにやら叫び、その瞬間、大広間に歓声が沸き起こった。突然の事にライは一人その迫力に押され、身じろいだ。

「ローム、これをあげるわ」

「え？」

「父様から譲り受けた指輪よ」

リュアは首飾りにつけられていた指輪をはずし、ライの手をとってはめさせる。

戸惑ったままはめられた金の指輪を見つめ、ライはリュアに視線を戻した。

「大事なものなんだろう？　いいのか？」

「いいのよ、ライに持っていてもらいたいの」

リュアはそう言うと、ライの腕を引いて祭壇を降り出した。

腕を引かれたままライが先程通った道を進んで行くと、どこからともなく花吹雪が降りそそがれた。祝福するかのようなそれに、ライはますます戸惑う。

リュアに促され、とりあえず手を振ってはいたが、その表情は引きつったままだった。魔物たちの間から、人界の司祭はその姿を見ていた。両手を胸の前に組み、祈るように目を閉じる。

「許せ、人界のためだ」

当然ながら、その呟きがライに届く事はなかった。

iii

「やっとすっきりしたっ」

堅苦しい漆黒の衣装を脱ぐ事ができたライは、いつもの質素な布服をまとってイスに腰を下ろした。

「お疲れ様でした」

四つ目の侍女が目の前のテーブルに紅茶を入れる。

「なあ、『ローム』の意味ってなんだ？」

「……ご存じないのですか？」

「ああ。リュアが俺の事そう呼んでたんだけど、どう言う意味だ？」

じっと見上げてくるライに、侍女は困惑の色を浮かべながら視線を泳がせた。

「よっ、用を思い出しましたので、失礼致します」

「あ、おいっ？」

逃げるように踵を返し、侍女は部屋を飛び出して行った。

「なんなんだよっ」

司祭に続いて侍女までも逃げ出して行く。分からない事ばかりでさすがのライもイライラしてきた。リュアに問いただそうとライは立ち上がり、入り口の扉を勢いよく開く。

「おいおい、凄い剣幕だな」

「サヴィエント長！」

「オリオルでいい。もうお前はサヴィエントの者ではないんだからな」

言いながらリバルのサヴィエント長は断わりもせず、ライの脇を通ってイスに腰を下ろした。ライも慌てて向かい側のイスにつく。

「オリオル様もいらっしゃっていたんですね」

「当たり前だ。教え子の晴れ姿を見逃す訳がないだろう」

「晴れ姿って言っても、俺は大した事はしていませんよ？」

「何言ってる。お前が一番の主役だろうが」

おかしそうに笑いながらライに用意された紅茶を勝手に口にする。

「お前が勇者になってこれから人界も面白くなっていくと思ったのにな、まあ仕方ないか」

「どういう意味です？　俺は勇者の称号を剥奪されるんですか？」

青ざめて身を乗り出すライに、オリオルはカップを置いてテーブル越しに肩を叩く。

「剥奪も何もそれ以前の問題だろ？　俺は王の側近に就けたくて推薦してやった

んだぞ？」

「……言ってる意味が分かりません」

ライは眉を寄せ、首を傾げた。

「王の座に就いたお前には、勇者の称号など無用の長物《ちょうぶつ》だって事だ」

「……はあ？」

「お前が勇者になれば面白い事になるとジークは言っていたが、こうなるとはさすがの俺も読めなかった」

「叔父さんが？」

何故こんなところで叔父の名前が出てくるのか、ライはますます首を傾げる。

「出会ったお前たちがこうなる事を見越していたんだろう。まあ半分は願望かな」

「……どういう事です？」

「まあしっかりやれ。人界で勇者をさせるより面白いかも知れないしな」

「え？　あのっ一体……」

「おっと、司祭を待たせているんだった。そろそろ行かないとな」

「オリオル様っ」

紅茶を飲みほしたオリオルはまったくライの言葉に耳を貸さず、さっさと立ち上がって部屋を出て行こうとしだした。

「待って下さい、オリオル様」

ライは慌ててオリオルに縋りつく。

「心配するな、ちょくちょく遊びに来てやるから。それじゃあ頑張れよ」

子供をあやすように頭を軽く叩くと、手を振って出て行ってしまった。

「……」

人の話を聞かないところはサヴィエント長譲りではないか、と頭の片隅で思いながらも、追うようにしてライも部屋を後にした。

iv

「なんだその格好は」

「え？　……王！」

リュアの部屋へ向かうため、階段に足をかけたところでライは声をかけられた。

その人物に驚き、すぐさま膝を折るライに王が笑う。

「おい、もうそんな立場じゃないだろう」

手を貸してライを立たせ、王自ら膝を払う。

「そんな事なさらないで下さい」

慌てて止めるライをまっすぐに見つめてくる。

「お前と対面するのはこれが初めてだな」

「はい。遠くからは何度か拝見させて頂きましたが、お会いするのはこれが初めてです」

「皮肉なものだな。側近に就けたくて勇者にしたというのに、勇者にした事で失ってしまうとは」

苦笑気味に笑いながら王はライの肩を掴んできた。ライは恐縮しながらも王の言葉に首を傾げる。

「……王?」

「いやいい、仕方のない事だ。これからは友としてよろしく頼む」

「そんな、もったいないお言葉です」

王を友とするなどとんでもない事だった。騒ぎを起こした自分にさえも好意的に接してくれる王の懐の大きさに、ライは感動する。

「二度とあのような事はいたしません。どうかこれからもお側に……」

「これはこれは、こんなところで立ち話か?」

下から階段を上がって来た二人組みが二人の側へと歩み寄って来た。白マントを羽織った二人にライは反応する。

「久し振りだな、ティード王」

「三年振りだ」

貫禄《かんろく》を備えた男を王は平然と見上げる。

「今度人界の方へも行かせてもらう。フェルケも一緒だが、かまわぬだろう？」

「勝手にすればいい。それより天主、数日前に魔界へ来たそうだな？」

「さあ、憶えはないが」

「報告があった。例の真相を調べに来たか？」

「知らぬな。第一私はここ数年天界を出ていない。そうだったな、フェルケ？」

「はい。天主様はずっと天界におられました」

この間の仕返しとばかりに口元に笑みを浮かべるフェルケに、王も笑みをこぼす。

「そんな事より、これから人界へ戻るのか？」

「多分な」

「なら丁度いい、このまま一緒に人界へと行かせてもらおう。フェルケ、皆に伝えよ。私の不在中、天界を頼むとな」

「承知しました」

フェルケは頭を下げると、すぐに階段を降りて行った。

「……あの」

一人蚊帳《かや》の外に押しやられていたライがここぞとばかりに切りだす。

「ああ、忘れていた」

悪びれた様子もなく言ってのける王にライは苦笑する。

「天主、これがライ・シュトレーゼ。魔界の新王だ」

王はライの肩に手を回し、天主へと紹介した。

「なるほど、ずいぶんと若いな。大広間では遠くてあまりよく見えなかったが」

「ぬけぬけと。どうせ三日前に会ったんだろう？」

「さあて、記憶にはないな」

またもライを放ってばかし合いをしだす二人に、ライはかまう余裕を持ち合わせていなかった。

先程の王の一言に自分の耳を疑う。

「ん？　どうかしたのか、ライ？　いや、ライ王？」

ライの様子のおかしさに王が気付いた。

「……王、何故私が魔界の新王なんです？」

聞きたくない事ではあったが、聞かないのも逆に恐ろしく、恐る恐るライは聞いてみる。

「王と呼ばれるのが慣れないか？　じきに慣れるさ。俺も王になりたての頃は随分違和感を覚えたものだ」

「いえ、そうではなくて……」

「あら、三人揃ってなんの話し合いかしら？」

狙ったように都合よく階段を降りて来るリュアに、三人が同時に顔を向けた。

着替えを済ませたリュアを見て王が口を開く。

「お前、もう少し夫の身なりを考えたらどうだ？　王がこんな質素な格好をするなんて考えものだぞ？」

「いいのよ。偉そうな格好なんてライには似合わないわ」

ニッコリと笑い、リュアはライの腕に手を回す。

「……リュア」

「何かしら？」

手を振り払って向きなおるライに、機嫌をそこねた様子もなくリュアは笑いかける。

「新王ってどういう事だ？」

「そのままの意味よ。新しい王様」

分かっていながらわざとそう答えるリュアを、ライは睨みつけた。

「俺が新王ってどういう事だっ？」

「私と婚姻を結んだんだもの、当然の成り行きでしょう？」

「俺がいつお前と婚姻を結んだんだよっ？」

「さっき。カフル様もティード王も見たわよね？」

「ああ、見たぞ」

「しっかりと誓いを交わしていたではないか」

王も天主も真相に気付き、意地の悪い笑みを浮かべた。ライだけがぶるぶると怒りに震えている。

「騙したなっ、あんな訳の分からない言葉でっ！」

「人聞きの悪い。騙してなんかいないわ、言わなかっただけよ」

「……お、お前っ……」

卑劣な言葉に反し、リュアは無邪気な笑みを浮かべた。

「カルクルの巣に落ちた時言ったわよね、俺をだんな様だと思えって。忘れたなんて言わせないわよ」

「あれは違うだろっ。俺は、俺は……」

「ライ？」

ライは興奮と混乱をきたし、目を回して倒れ込んでしまった。

V

ライが意識を取り戻したのは、闇が支配し、皆がすっかり寝静まる真夜中の事だった。寝台の上で横になっていたライは隣に座り、ランプの明かりで書物に読みふけるリュアを睨み上げる。

「ロームの意味は？」

目が覚めたらしいライにリュアは微笑み、書物を閉じて寝台の横の台に置いた。

「ロームは夫。妻はローニャと言うのよ」

「じゃあ『サルカ・ディオ・ローム』は？」

「夫となる事を誓うという意味よ」

リュアの言葉に、ライは額を押さえると、目をつぶって眉間にしわを寄せた。

すっかりリュアに騙されていた事を知り、もはや文句を言う気力すらない。

「で、どうして俺が王になるんだ？　そのままお前が王をやればいいだろ」

「あなたの方がふさわしいと思ったから。期待してるわよ、だんな様」

魔界の者はもちろん、人界と天界の主要人物にまで見守られた婚姻を今さら取り消す事などできるはずもなく、司祭や侍女がうろたえた理由を今頃知っても全てが手遅れだった。

深い溜め息をもらしながら再び意識を失いそうになるライにリュアが身を寄せる。

「ねえ、ライ」

「まだ何かあるのか？」

嫌々そうに目を開いてみてライはギョッとした。思ったよりも身を寄せてきていたリュアに驚いてライはズリズリと体をずらしながらリュアから離れる。

「なっなっなっなんだよっ？」

「気付いてないと思うけど、今夜は婚姻を結んで初めて迎える夜なのよ？」

「おっ俺は認めてないからなっ！」

上半身を起こしかけたライをリュアは押し倒した。上にのしかかってライを見下ろす。

「これって夫としての義務よね」

「何言ってんだっ。俺は騙されたんだからそんな事知るかっ！」

必死になってもがくライにリュアが吹き出した。

「ぷっ……ライったら……くくっ」

「かっ、からかったな、お前！」

お腹を抱えて笑い出すリュアに顔を真っ赤にしながらライは怒鳴った。体を起こしてリュアの下から逃げる。

「今度こんな事したら許さないからなっ」

騙された挙句からかわれたライはまさに踏んだり蹴ったりの心境だった。こぶしを握りしめるライに笑いを抑えながらリュアが顔を向ける。

「からかったんじゃないのよ、ただあんまりライが必死になるから」

「もういいっ」

ふてくされながらライは寝台を降りた。よくよく部屋を見てここがリュアの部屋だと分かり、扉へと足を向ける。

「どこ行くの？」

「部屋に戻る」

「ライの部屋はここよ？」

「お前の部屋だろ」

「二人の部屋よ」

「……へ？」

「この部屋は今日から私とライの部屋になったのよ。ここ以外にライの部屋はないわ」

リュアも寝台を降り、ライに歩み寄って手を握る。

「冗談だろ？」

「本当よ。新婚の夫婦が別々に寝るなんておかしいでしょ？」

可愛らしく首をかたむけてみせるリュアに勢いよくライが首を振る。

「おかしくない。全然おかしくないっ」

「そうなの？　でも魔界ではおかしいのよ。慣れてね」

ニッコリと笑ってライの体に擦り寄ってくるリュアを見下ろしながら、ライは目眩を覚えた。


何故こんな事になったのか。勇者となって僅か三日。当初の予定では、魔王を退治し、人界の英雄として王に仕えるはずだったのだが、何がどういう訳か分からないまま、夫となってしまった。

望まずして魔界の王の座を手にしたライの人生は、本人の苦悩をよそに、これより波乱を来《きた》す事となった。

著者プロフィール
麻生　唯（あそう ゆい）
1976年10月29日生まれ。
千葉県市川市出身。

恋に落とされた勇者

2003年２月15日　初版第１刷発行

著　者　麻生 唯
発行者　瓜谷 綱延
発行所　株式会社文芸社
〒160-0022 東京都新宿区新宿1−10−1
電話 03-5369-3060（編集）
03-5369-2299（販売）
振替 00190-8-728265

印刷所　株式会社ユニックス

ISBN4-8355-5208-3 C0093